はじめて読《よ》む外《がい》国《こく》の物《もの》語《がたり》

2年生

監修
千葉経済大学短期大学部
こども学科教授
横山洋子

Gakken

はじめて読む 外国の物語 2年生

もくじ

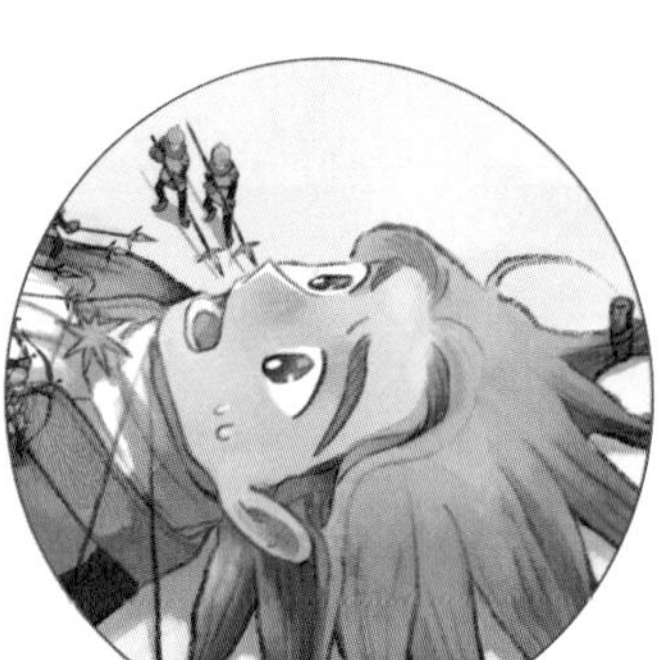

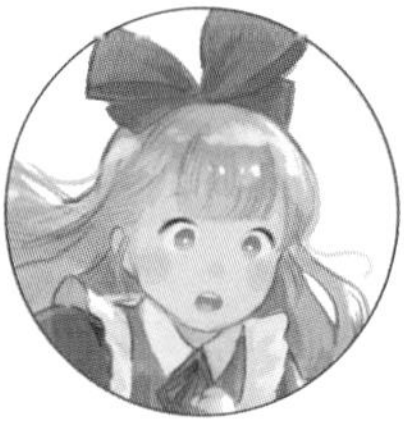

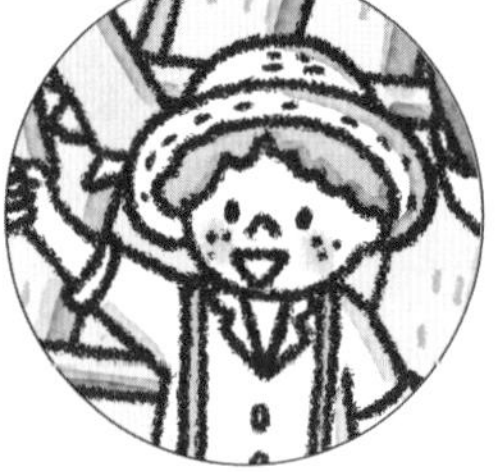

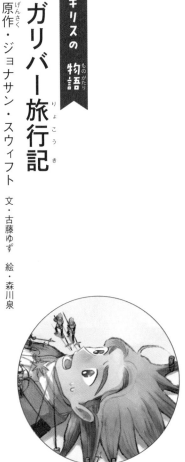

イギリスの 物語《ものがたり》

海《うみ》に なげだされた ガリバーが たどりついたのは
おどろきの 国《くに》でした。

ガリバー旅行記《りょこうき》

原作《げんさく》・ジョナサン・スウィフト
文・古藤ゆず 絵・森川泉

海《うみ》で　船《ふね》が　まっ二《ぷた》つ

ぼくは　ガリバー。イギリス人《じん》の　いしゃだ。
ある　とき、カモシカごうと　いう　船《ふね》の　船長《せんちょう》に
「いしゃとして　船《ふね》で　はたらきませんか。」
と、さそわれた。そこで　ぼくは　船《ふね》に　のったんだ。
カモシカごうは、イギリスの　みなとを　出《で》て、海《うみ》を
ぐんぐん　すすんで　いった。
だけど、きりの　ふかい　日《ひ》、大《おお》きな　岩《いわ》に
ぶつかって　しまい、船《ふね》は　まっ二《ぷた》つ。

海《うみ》に　なげだされた　ぼくは、ひっしで　およいだ。

なんとか、りくに　たどりついた　ときは　ふらふらで、
その　まま　ねむって　しまった。

小人《こびと》の　国《くに》

目《め》が　さめると、よく　晴《は》れた
青空《あおぞら》が　見《み》えた。ぼくは、
おきあがろうと　したが、
まったく　うごけない。
あおむけの　まま、体《からだ》を
ひもで　しばりつけられ、

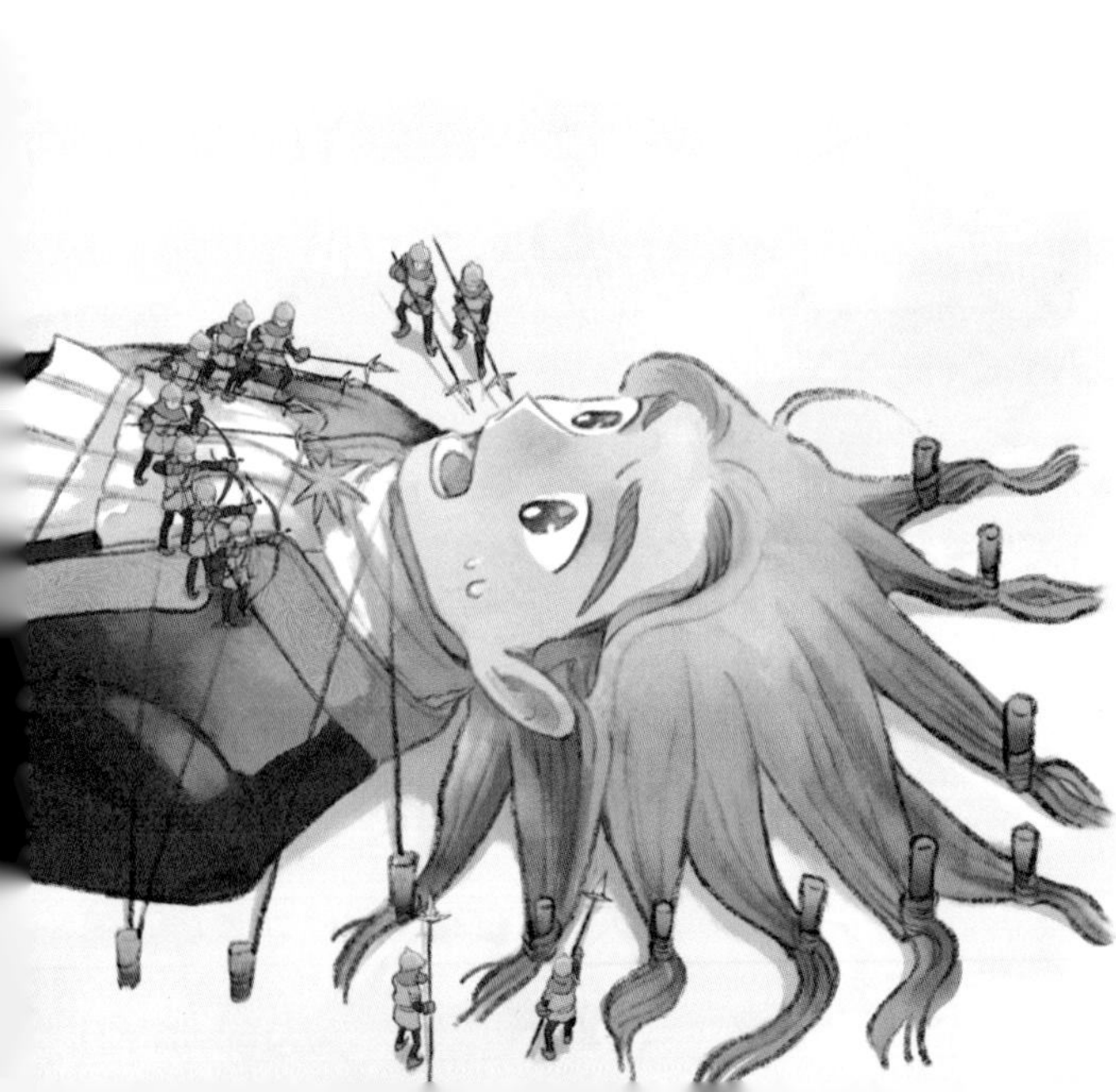

ひもは、地面《じめん》の　くいに
つながれて　いるようだ。
「いったい、どう　いう
ことだ？」
ぼくの　むねの　上《うえ》を、
何《なに》かが　上《あ》がって　きた。
十五センチメートルくらいの
人間《にんげん》だ！
小《ちい》さな　人間《にんげん》たちは、
ぼくに　むかって、

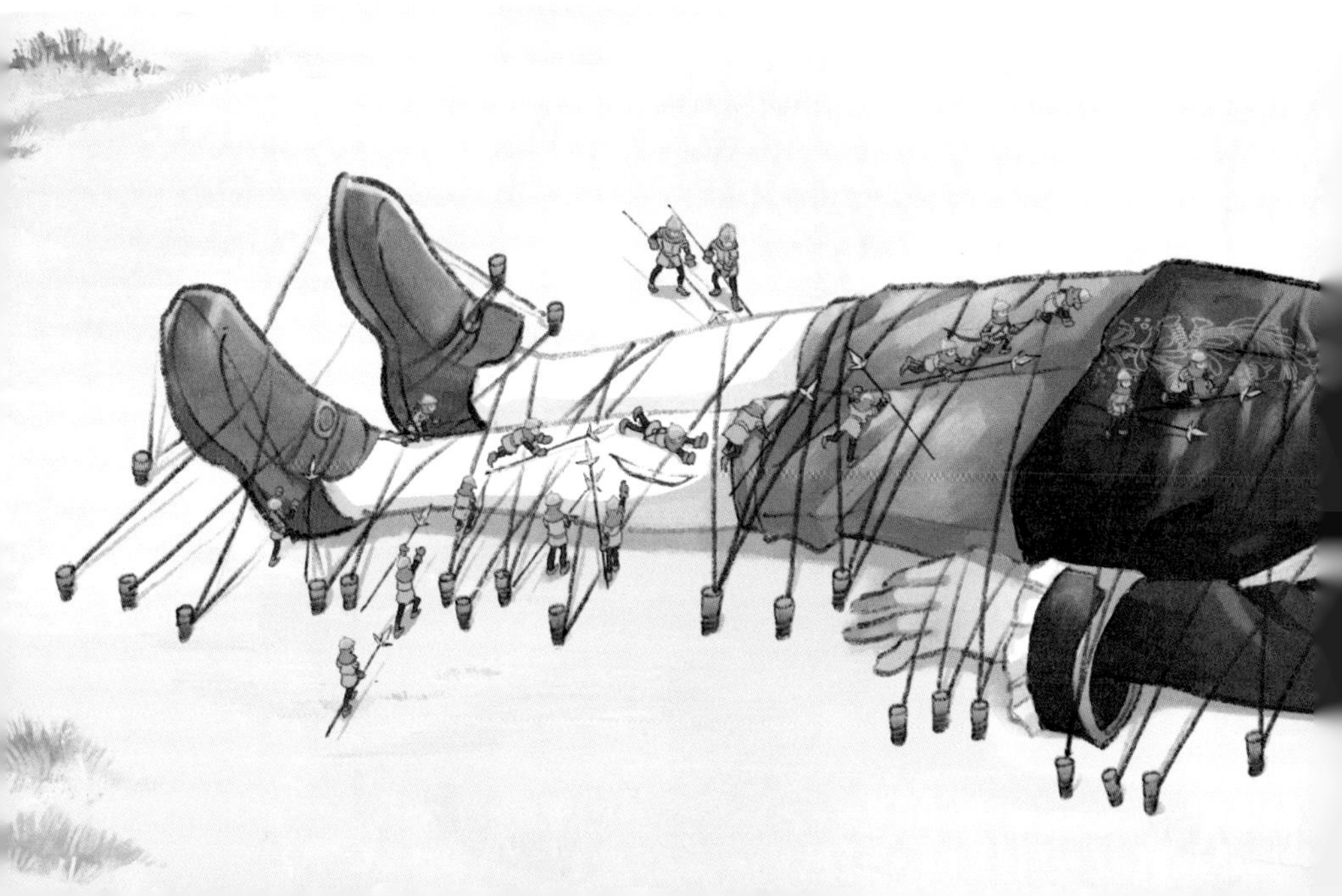

はりのように　小《ちい》さな　矢《や》を　はなった。
「いたっ、やめて　くれ！」
ぼくが　さけぶと、その　大声《おおごえ》に　おどろいて、
小人《こびと》は　ぱらぱらと　下《した》に　おちて　しまった。
どうやら、ぼくは　小人《こびと》の　国《くに》に　来《き》たようだ。
なんとか　体《からだ》を　うごかすと、左手《ひだりて》の　ひもが
切《き》れ、ぼくは　少《すこ》し　うごけるように　なった。
すると、小人《こびと》たちは　矢《や》を　いるのを　やめて、
ぼくの　耳《みみ》の　よこに、高《たか》い　台《だい》を　作《つく》りはじめた。
台《だい》が　できると、一人《ひとり》の　小人《こびと》が　上《のぼ》って　きて、

ぼくに　話《はな》しかけた。
（ん？　何《なに》を　いって
いるんだろう。ことばが
わからないな。）
ぼくは、おなかが
ぺこぺこだったので、左手《ひだりて》で
食《た》べる　まねを　して　みた。
すると、小人《こびと》は　うなずき、
なかまたちが、食《た》べものを
はこんで　きた。

ぼくの　口《くち》に、パンや　肉《にく》を　ほうりこんで　くれる。
「あむあむ、小《ちい》さいけど　おいしいな。」
ぼくは、ぺろっと　食《た》べて　しまった。
それから　ぶどうの　おさけを　のませて
もらうと、きゅうに　ねむく　なって　きた。
じつは、ききめの　強《つよ》い　ねむりぐすりが　おさけに
入《はい》って　いたんだ。

山人間《やまにんげん》

ねむって　いる　間《あいだ》に、ぼくは　みやこの　王様《おうさま》の

ところに　はこばれ、足《あし》を　くさりで　つながれた。小人《こびと》たちは　くろうして、大《おお》きな　ぼくを　台車《だいしゃ》にのせ、何《なん》百頭《とう》もの　馬《うま》で　引《ひ》っぱって　きたらしい。

その　ころ、おしろでは、ぼくを　どう　するか、話《はな》しあいが　行《おこな》われて　いた。

きけんなうえ、食《た》べものも　たくさん　いるので、「食事《しょくじ》を　あたえずに　弱《よわ》らせよう」と　いう意見《いけん》も　出《で》たようだ。しかし　王様《おうさま》は、

「わるい　人間《にんげん》では　ないかも　しれない。」

と、ぼくが　この　国《くに》で　くらせるように　してくれた。

小人《こびと》の　ことばも、教《おし》えて　もらった。ここは「リリパット国《こく》」と　いう　国《くに》で、ぼくは　「山人間《やまにんげん》」

と　よばれるように　なった。

ある　日《ひ》、ぼくは　王様《おうさま》に
おねがいを　した。
「王様《おうさま》、足《あし》の　くさりを
外《はず》して　ください。」
「うむ。では　つぎの
やくそくを　まもるなら、
山人間《やまにんげん》を　自由《じゆう》に　して
やろう。」

●王様《おうさま》の　ゆるしなく、国《くに》を　出《で》ない。
●人《ひと》や　どうぶつを　ふまないよう　気《き》を　つけて　歩《ある》く。
●王様《おうさま》の　いそぎの　用《よう》の　とき、つかいの　ものを　ポケットに　入《い》れて　はこぶ。
●大《おお》きな　たてものを　つくる　ときは、手《て》つだう。

●せんそうの　ときは、リリパット国《こく》の　ために
たたかう。
ぼくは、やくそくを　まもると、ちかった。
そこで　足《あし》の　くさりが　外《はず》されて、国《くに》の　中《なか》を
自由《じゆう》に　歩《ある》けるように　なったんだ。

ブレフスキュ国《こく》との　たたかい

ところで、リリパット国《こく》は、となりの　島《しま》の
ブレフスキュ国《こく》と、三年《ねん》も　せんそうを　して　いた。
ブレフスキュ国《こく》は、ぐんかんを　五十せきも

つくり、せめて　こようと　して　いる。

ぼくは　やくそくどおり、たたかわなければ
ならないが、らんぼうな　やり方《かた》は、いやだった。

そこで、てつの　ぼうを
フックの　ように　まげて、つなの　先《さき》に
つけた　ものを、五十本《ぽん》　作《つく》った。

それを　もって　海《うみ》に
入《はい》り、ブレフスキュ国《こく》へと
こっそり　近《ちか》づいて　いった。

――ザバーッ！

いきなり　海《うみ》から　出《で》た
ぼくを　見《み》て、
「うわあ、かいぶつだ！」
ブレフスキュ国《こく》の　人《ひと》は、
びっくりぎょうてん。
大《おお》さわぎの　なか、ぼくは
すべての　ぐんかんに
フックを　引《ひ》っかけ、つなを
たばねて、リリパット国《こく》へ
引《ひ》っぱって　いった。

「やった！　山人間《やまにんげん》が　てきの　船《ふね》を　うばったぞ！」

みんな、大《おお》よろこび。ところが　王様《おうさま》と　きたら、
船《ふね》だけでは　なく、ブレフスキュ国《こく》の　すべてを
自分《じぶん》の　ものに　したいと　いうんだ。

「王様《おうさま》、せんそうは　よく　ない　ことです。

ぼくは、もう　力《ちから》を　かせません。」

そう　いうと、王様《おうさま》は　おこって　しまった。

そんな　ある　日《ひ》、おしろが　火事《かじ》に　なった。

「山人間《やまにんげん》、たすけて　くれ！」

（早《はや》く　火《ひ》を　けさなければ。そうだ！）
ぼくは、自分《じぶん》の　おしっこを　かけた。
ジュジュジュ……。
やった、火《ひ》が　きえたぞ。
ところが、おきさき様《さま》は、かんかん。

「おしろに　おしっこを　かけるなんて！」
その　あと　ぼくと　親《した》しかった　人《ひと》が、こっそり
やって　きて、ぼくに　いった。
「王様《おうさま》が　山人間《やまにんげん》を　こらしめると　いって　います。
早《はや》く　にげた　ほうが　いい。」

ブレフスキュ国《こく》へ

ぼくが　リリパット国《こく》を　出《で》て、ブレフスキュ国《こく》へ
行《い》くと、みんな　大《だい》かんげいして　くれたよ。
それから　三日《みっか》たった　ある　日《ひ》。海岸《かいがん》を　歩《ある》いて

いた　ぼくは、うちあげられた　ボートを　見《み》つけた。
「この　ボートは、ぼくの　国《くに》から　ながれて
きたのか？　これで
帰《かえ》れるかも　しれない。」
ぼくは、ブレフスキュ国《こく》の
王様《おうさま》に　たのんで、
しょく人《にん》　五百人《にん》を　あつめて
もらい、いっしょに　ボートを
しゅうりして　もらった。

小人《こびと》の　国《くに》に　さようなら

王様《おうさま》は、肉《にく》、パン、のみもの、それに　生《い》きて　いる　ウシと　ヒツジを　八頭《とう》ずつ、おみやげに　くれた。

「ありがとう。さようなら！」

ブレフスキュ国《こく》の　人《ひと》に　手《て》を　ふり、ぼくは　ボートを　こぎだした。

そして、三日目《みっかめ》。なんと、イギリスの　船《ふね》に

たすけられたんだ。
船長《せんちょう》に　小人《こびと》の　国《くに》の
話《はなし》を　しても、ぜんぜん
しんじて　くれない。
そこで　ぼくは、
おみやげに　もらった
小《ちい》さな　ウシと
ヒツジを　見《み》せた。
「わっ、なんだ、これは。
小《ちい》さいなあ！」

船長《せんちょう》は　目《め》を　丸《まる》く　して　おどろき、やっと
しんじて　くれたよ。
こうして　ぼくは、自分《じぶん》の　国《くに》に　帰《かえ》って　きた。
ぼくの　ぼうけん、なかなか　すごかったでしょう。

イギリスの 物語《ものがたり》

ウサギを　おいかけて　あなに　とびこんだ　アリス。
大《だい》ぼうけんの　はじまりです。

ふしぎの 国《くに》の アリス

原作《げんさく》・ルイス・キャロル
文・早野美智代　絵・pon-marsh

ウサギあなに　とびこんだ　アリス

アリスは、ヒナギクの　さく　おかに、お姉《ねえ》さんと
すわって　いました。お姉《ねえ》さんは　本《ほん》に　むちゅうで、
アリスは　たいくつでした。あくびが　出《で》て　きます。
すると　その　とき、目《め》の　前《まえ》を　チョッキを
きた　白《しろ》い　ウサギが、びゅーんと　かけぬけました。
ウサギは、ちょっと　立《た》ちどまって　時計《とけい》を
とりだすと、また　大《おお》あわてで、いけがき*の
下《した》の　あなに　とびこみました。

＊いけがき…木《き》などを　うえて　作《つく》った　かこい。

「いったい、いまのは　なあに？」
アリスも　おいかけて、あなに　とびこみました。
あなは　ふかくて、ぐんぐん　おちて　いきます。

すとんと　ついた　ところは、
細長《ほそなが》い　広間《ひろま》でした。
まわりには、ドアが
たくさん　あります。
まん中《なか》に　テーブルが
あり、その　上《うえ》に　小《ちい》さな
カギが　おいて　ありました。
「小《ちい》さな　カギに　合《あ》うのは、
小《ちい》さな　ドアね。」
アリスは、小《ちい》さな　ドアを

見《み》つけると、ひざを　ついて
カギを　さしこみ、ドアを
あけました。
むこうには、きれいな
にわが　見《み》えます。
「すてき！　でも　こんな
小《ちい》さな　ドアでは、通《とお》れない。」
その　とき、テーブルの
上《うえ》に、小《ちい》さな　びんが
あるのに　気《き》が　つきました。

「へんね、さっきは　なかったのに。」
アリスは、カギを　いったん　テーブルに　おきます。
びんには、「わたしを　のんで」と　あります。
のむと、体《からだ》が、きゅーんと
小《ちい》さく　なって、ドアを
通《とお》れる　大《おお》きさに　なりました。
ところが、いつの間《ま》にか
ドアが　しまって　います。
「どうしよう！　せっかく
小《ちい》さく　なったのに

その　せいで　カギに　手《て》が　とどかないわ。」
ふと　見《み》ると、テーブルの　下《した》に、はこが　あります。
中《なか》に　おかしが　入《はい》って
いて、「わたしを　食《た》べて」
と　あります。
アリスは、これも
食《た》べて　みました。
すると　今度《こんど》は、体《からだ》が
ぐぐーんと　天《てん》じょうに
つくほど　大《おお》きく

なりました。これでは　テーブルの　カギに　手《て》が
とどいても、小《ちい》さな　ドアを　通《とお》れません。

「もう、どうしたら　いいの？」

こまった　アリスは、しくしく　なきだしました。

ながれた　なみだが、足元《あしもと》に　たまって　いきます。

なみだの　池《いけ》

そこへ　また、あの　ウサギが　走《はし》って　きました。
「たいへん　たいへん、ちこくだ、ちこくだ！」
大《おお》あわての　ウサギは、おうぎを　おとしたのも

気《き》づかず、行《い》って　しまいました。
「なぜ、あんなに　いそいで　いるのかしら。」
アリスが　おうぎを　ひろって、パタパタと
あおぐと、体《からだ》が　どんどん　小《ちい》さく　なって　いきます。
「やったわ。これで　ドアを　通《とお》れる！」
でも　おどろいた　ことに、水《みず》が
ひざまで　きて　います。
「これは　池《いけ》？　ちがう！
さっき　ながした　なみだが
水《みず》たまりに　なったのね！」

どんどん　小《ちい》さく　なり　おぼれそうに　なった
アリスは、ひっしで　およいで、池《いけ》の　ふちまで
たどりつきました。

イモムシと　わらう　ネコ

顔《かお》を　上《あ》げると　森《もり》が　広《ひろ》がって
いました。キノコの　上《うえ》の
イモムシが、アリスに　いいました。
「ここの　キノコを　食《た》べると、体《からだ》の
大《おお》きさを、すきに　かえられるよ。」

アリスは、キノコを　食《た》べて、大《おお》きく　なったり
小《ちい》さく　なったり　しながら、すすんで　いきました。
「やあ、おじょうさん！」
とつぜん　木《き》の　上《うえ》から、ネコが　声《こえ》を　かけます。
にんまり　わらう　ネコに　アリスは　たずねます。
「わたしは、どっちへ
行《い》けば　いいの？」
「この　先《さき》を　ずっと
行《い》くと、
『三月《さんがつ》ウサギ』が　いるよ。」

おかしな　お茶会《ちゃかい》

しばらく　歩《ある》いて　いくと、
三月《さんがつ》ウサギと　ぼうしやが、
お茶会《ちゃかい》を　して　いました。
そばでは、ヤマネが　ぐっすり
ねむって　います。
三月《さんがつ》ウサギは、アリスを　見《み》ると
いいました。
「もう、すわる　ところは　ないよ。」

でも、お茶《ちゃ》の　カップも　いすも、まだまだ
たくさん　あります。ぼうしやは　いいました。

「なぞなぞ　やる？　答《こた》えの　ない　なぞなぞだけど。」

「そんな　もの、時間《じかん》の　むだよ。」

ヤマネは、ずっと　ねむって　いるだけです。

「こんな　へんな　ところ、いられないわ。」

アリスは、歩《ある》きだしました。少《すこ》し　先《さき》へ　行《い》くと、
大《おお》きな　木《き》が　ありました。ドアが　ついて　います。

アリスは、ドアを　あけて　みました。

「あら、さいしょの　広間《ひろま》に　つながってる！」

アリスは、へやに　入《はい》ると、テーブルの　上《うえ》の
カギを　とり、キノコを　食《た》べ、小《ちい》さく　なりました。
そして、小《ちい》さな　ドアを　あけて、きれいな　にわへ
出《で》ると、そこには　バラが　さいて　いました。

クロッケーの　しあい

にわでは、なぜか　トランプたちが、白《しろ》い　バラを
せっせと　赤《あか》く　ぬって　います。
「ほんとうは　赤《あか》い　バラを　うえる　はずだったのに、
まちがえて、白《しろ》い　バラを　うえちゃったからね。」

「女王様《じょおうさま》は、白《しろ》い　バラが
大《だい》きらい。見《み》つかると
たいへんだ。いそげ　いそげ！」
そこへ、たくさんの
トランプの　家来《けらい》を　つれた、
女王様《じょおうさま》が　やって　きました。
その　中《なか》に、あの　白《しろ》い
ウサギも　います。
「さあ、いまから　クロッケー*の
しあいを　はじめる！」

*クロッケー…木《き》の　たまを　木《き》づちで　うち、コートに
ある　門《もん》を　通《とお》しながら、点《てん》を　きそう。

その　しあいは、とても
おかしな　ものでした。
ボールは、くるりと　丸《まる》まった
ハリネズミ。
ボールを　うつ　ための　ぼうは、
フラミンゴ。トランプの
へいたいたちが　体《からだ》を　まげて
門《もん》の　形《かたち》に　なります。
アリスも、しあいに
くわわる　ことに

なりました。
けれども、ボールを
うとうと　すると、
フラミンゴが、こまったような
顔《かお》で　アリスを　見《み》ます。
ハリネズミの　ボールは、
もそもそ　にげだします。
体《からだ》を　まげた　トランプの
へいたいも、あっちへ　行《い》ったり
こっちへ　来《き》たり、うごいてばかり。

アリスは、ふうっと　ためいきを　つきました。

「これでは、しあいに　ならないじゃ　ない。」

女王様《じょおうさま》は、かんかんに　おこって　います。

「ええい、もう　みんな、ゆるしませんぞ！　ばつじゃ、ばつを　あたえる！」


アリスは、うんざりして、にげだそうと　しました。

すると、空中《くうちゅう》に、ぼんやりと　何《なに》かが　うかんで　きました。さいしょに　口《くち》が　見《み》えて　きて、つぎに　目《め》、それから　さいごに　耳《みみ》が　あらわれ、それは

先《さき》ほど　であった　ネコに　なりました。
ネコは、にんまり　わらって　いいました。
「やあ、どうだね。」
「もう、めちゃくちゃで、いやに　なったわ。」
そこへ　女王様《じょおうさま》が
やって　きて、ネコを
見《み》ると　いいました。
「おや？
あやしい　やつめ、
ゆるしませんぞ！」

しかし　ネコは、出《で》て　きた　ときと　同《おな》じように、
にんまり　わらって　きえて　しまいました。

タルトを　ぬすんだのは　だれ？

その　とき、ラッパの　音《おと》が、鳴《な》りひびきました。
「さいばんが　はじまるよ。行《い》かなくっちゃ！」
みんなが　いっせいに　かけだしました。
アリスも　あとに　ついて　いくと、王様《おうさま》と
女王様《じょおうさま》は、もう　せきに　ついて　いました。
あの　白《しろ》い　ウサギも　います。ウサギは　いいました。

「女王様《じょおうさま》の　タルトを　ぬすんだ　つみで、この
ジャックを　うったえる。まずは……。」

「ろうやじゃ！
ろうやに
入《い》れるのじゃ！」
せっかちな　王様《おうさま》は、
さいごまで　聞《き》かずに
いいました。
女王様《じょおうさま》も、まけずに
さけびました。

「ばつを　あたえるのじゃ。
とくべつに　おもい
ばつを！」
白《しろ》ウサギは、アリスに
たずねました。
「おまえは、どう
思《おも》うかね？」
アリスが　答《こた》えるのも
またず、王様《おうさま》と　女王様《じょおうさま》が、
また　どなりました。

「はん人《にん》は　ジャックに　きまりじゃ！」

「そうじゃ、すぐに　ばつを　あたえるのじゃ！」

アリスは、がまんできずに　大声《おおごえ》で　いいました。

「おかしいわ。さいばんも　して　いないのに！」

「おだまり！　この子《こ》にも　ばつじゃ！　みんな、
この子《こ》を　つかまえなさい！」

その　とたん、トランプが　空《そら》に　まいあがり、アリス
目《め》がけて、いっせいに　おそいかかって　きました。

「きゃあー！」

「……アリス、おきなさい、アリスったら。」
お姉《ねえ》さんの　声《こえ》で、アリスは　目《め》を　さましました。
そこは、ヒナギクの　さく　おかの　上《うえ》です。
顔《かお》に　パラパラと　おちて　きた　木《こ》の葉《は》を、
お姉《ねえ》さんが　はらいのけて　くれました。
「なあんだ、ゆめだったのね。」
そう　いうと　アリスは、いまの
ふしぎな　ゆめを　お姉《ねえ》さんに
話《はな》して　聞《き》かせました。

アメリカの　物語《ものがたり》

魚《さかな》つりや　どうくつたんけん。

きょうは　どんな　わくわくが　トムを　まって　いるのでしょう。

トム・ソーヤの ぼうけん

原作《げんさく》・マーク・トウェイン

文・きたむらすみよ　絵・三角亜紀子

トムの　さくせん

トムは、アメリカの　小《ちい》さな　町《まち》に　ある、おばさんの　家《いえ》で　くらして　います。

「トム、外《そと》の　へいを、ぬりなおして　おくれ。」

「ええっ。一人《ひとり》で　ぜんぶ？」

もんくを　いいながら、へいを　ぬって　いると、友《とも》だちの　ベンが　通《とお》りかかったので、よびとめます。

「やあ、ベン。おれって、うまいだろ。この　しごと、おまえには、できっこないね。」

わざと　じまんすると、ベンは　おこりました。
「そんなの、かんたんさ。かして　みろよ。」
ベンは、さいごまで　へいを　ぬりおえると、
とくいに　なって　帰《かえ》って　いきました。

ほとんどの　しごとを、ベンが　したのです。
「へへへっ。さくせん、大《だい》せいこう！」

夜《よる》の　墓場《はかば》で

ある　日《ひ》の　夜《よる》、トムは、なかよしの　ハックと
墓場《はかば》たんけんに　行《い》く　ことに　なりました。

「トム、墓場《はかば》に、あくまって　いるのかな。」

「見《み》つけたら、やっつけちまおうぜ。」

すると、おくの　方《ほう》から　声《こえ》が　聞《き》こえます。

「もしかして、あくまの　声《こえ》じゃ　ないか？」

ハックが　小《ちい》さな　声《こえ》で
いいました。
「よし、気《き》づかれないようにな。」
近《ちか》づいて　みると　それは、
町《まち》の　大《おお》どろぼう　ジョーが、
なかまと　けんかを　して
いる　声《こえ》でした。
そして、ジョーは、大声《おおごえ》を
上《あ》げると、なかまの　一人《ひとり》を
ころして　しまったのです。

おどろいた　トムと　ハックは、
声《こえ》も　出《で》ません。
「この　ことを　だれかに
いったら、ジョーが　しかえしに
くるかも　しれないぞ。」
これは、二人《ふたり》だけの、ひみつに
なりました。

おれたちの　島《しま》を　めざせ

また　べつの　日《ひ》、ハーパーと　いう　なかよしの　友《とも》だちが、トムの　ところへ　やって　きました。

「聞《き》いて　くれよ。おれは、クリームなんて　なめちゃいないのに、母《かあ》さんが　おれの　しわざだって　いって、しかるんだぜ。あんな　家《いえ》、二度《ど》と　帰《かえ》るもんか。」

すると、トムが、ハーパーに　いいました。

「よし、ハックを　さそって　無人島《むじんとう》へ　行《い》こうぜ。おれたち、海《かい》ぞくに　なるんだ。」

その　夜《よる》、三人《にん》は、川岸《かわぎし》に　あつまり、小《ちい》さないかだを　見《み》つけて、とびのりました。

「さあ、出発《しゅっぱつ》だ！」

三人《にん》が　めざすのは、遠《とお》くに見《み》える　小《ちい》さな　島《しま》。

「オールを　こげーっ。エイオー、エイオー。」

三人《にん》の　かけ声《ごえ》が、夜《よる》の川《かわ》に　ひびきます。そうしてようやく　島《しま》に　つきました。

「わあい。おれたちの　島《しま》だ。」

つぎの　日《ひ》、トムは　水《みず》に

もぐり、ハックは、魚《さかな》を　つり、ハーパーは、
木《き》のぼりを　しました。
まぶしい　太陽《たいよう》の　下《した》で　あそんだ　あとは、
すずしい　木《こ》かげで、すやすや　昼《ひる》ねです。
夜《よる》には、家《いえ》から　こっそり　もって　きた
ハムや　パンを　食《た》べて、星《ほし》を
見《み》ながら　草《くさ》の　上《うえ》で　ねました。
何日《なんにち》か　島《しま》で　ゆかいに
すごすと、また　村《むら》へ
帰《かえ》る　ことに　しました。

ところが　村《むら》では、三人《にん》が　しんだと　思《おも》われて、
教会《きょうかい》で　おそうしきが　はじまって　いました。
教会《きょうかい》の　とびらが　あいて、
元気《げんき》な　三人《にん》が　入《はい》って　きたので、
村《むら》の　人《ひと》たちは　びっくり。
「どこへ　行《い》って　いたんだい。
心配《しんぱい》したよ。」
おばさんは、トムを
だきしめました。

古《ふる》い　家《いえ》を　たんけん

それから、しばらく　たった　ある　日《ひ》の　こと。トムと　ハックは、だれも　すんで　いない　古《ふる》い　家《いえ》を、たんけんしに　行《い》きました。

クモの　すを　手《て》で　はらいながら、二人《ふたり》が、二階《かい》へと、上《のぼ》った、その　ときです。

きゅうに　げんかんから　大《おお》どろぼうの　ジョーと
なかまが　入《はい》って　きたのでした。

「ここは、たからを　かくすのに　ちょうど　いい。」

「よし、さっそく　かくすぞ。まて　これは　なんだ？」

ジョーが　見《み》つけたのは、トムの　シャベルです。

「ははーん。この　上《うえ》に　だれか、いるようだな。」

ジョーが、かいだんを　上《のぼ》って　きます。

ミシッ　ミシッ　ミシッ……。

（ああ、もう　だめだ。見《み》つかっちゃう。）

トムが、ぎゅっと　目《め》を　つぶった　その　とき。

ガタガタ、ガタガタ、ドッシーン！
なんと、かいだんが　くずれて、
ジョーが、ころがりおちて
いったのです。

「いててて。こんな　ところに
だいじな　たからは
かくせないな。さくせん
へんこうだ。おれたちの
かくれ家《が》へ　行《い》こう。」
そう　いうと、ジョーたちは
出《で》て　いきます。あとを
つけた　トムと　ハックは、
かくれ家《が》を、こうたいで　見《み》はる
ことに　しました。

ジョーの　わるだくみ

　その　数日後《すうじつご》。
　ハックが　見《み》はって　いると、ジョーが　大《おお》きな声《こえ》で　さけぶのが　聞《き》こえて　きました。
「つぎは、ダグラス家《け》の　金《かね》を　ぬすんでやるぜ。」
　ハックは、大《おお》いそぎで　おまわりさんに知《し》らせましたが、あと　少《すこ》しの　ところで、ジョーはにげて　しまいました。
　その　ころ　トムは、同《おな》じ　学校《がっこう》の　ベッキーたちと、

ピクニックを　して　いました。
「みんなで、どうくつを
たんけんしようぜ。」
トムは　はりきって、
ベッキーを　つれ、
どんどん　中《なか》へ
入《はい》って　いきます。
「あれ、みんな
いないぞ。
はぐれたのかな。」

「わたしたち、ここから
出《で》られるの？」
二人《ふたり》が、出口《でぐち》を
さがして 歩《ある》いて いると、
人《ひと》かげが 見《み》えました。
「おーい、まってよー。
まってってばー。」
ところが、びっくり。
ふりむいたのは、
あの ジョーだったのです。

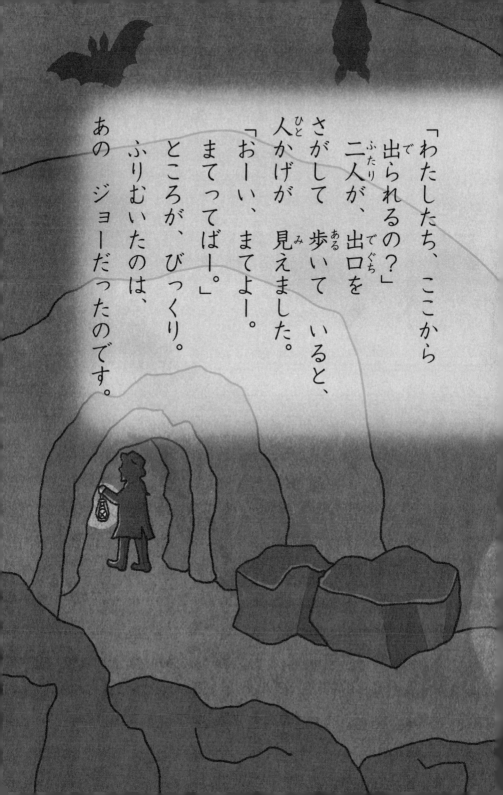

（どうしよう。顔《かお》を　見《み》られちゃったよ。）
でも、ジョーは、ひびきわたる　トムの　声《こえ》を、
おまわりさんと　まちがえたのか、にげて　いきます。

ジョーの　さいご

二人《ふたり》は、ジョーに　見《み》つからないように
どきどきしながら、ようやく　どうくつを　出《で》ました。
たすかった　トムは、つかれて　何日《なんにち》も　ねこんで
いましたが、うごけるように　なると、ゆう気《き》を
出《だ》して、おまわりさんに　いいました。

「どうくつの　中《なか》に、ジョーが
いるんだ。」
「何《なに》？　出口《でぐち》を　ふさいで
しまったぞ。」
あわてて　かけつけると、
ジョーは　どうくつの　出口《でぐち》で
たおれて　いました。おなかを
空《す》かせて　しんで　しまったようです。かわいそうだと
思《おも》いましたが、これで　トムと　ハックは、もう
ジョーを　こわがらずに　すみます。

二人《ふたり》は　こっそり　どうくつを
しらべ、ついに、ジョーが
かくした　たからを　見《み》つけました。

「よう、ハック。ハーパーを　さそって、
今度《こんど》は、どこへ　たんけんに　行《い》く？」
トムは、つぎの　たんけんに、わくわくしながら、
きょうも　元気《げんき》に　すごして　います。

カナダの 物語《ものがたり》

アンは 元気《げんき》な 女《おんな》の子《こ》。
アンの まきおこす じけんが まわりの 人《ひと》を えがおに します。

赤毛《あかげ》の アン

原作《げんさく》・ルーシー・モード・モンゴメリ
文・早野美智代 絵・イシヤマアズサ

三《み》つあみの　女《おんな》の子《こ》

アンは　汽車《きしゃ》を　おりて、大《おお》きく　しんこきゅうしました。そばかすだらけの　顔《かお》は　うれしさ　いっぱいで、三《み》つあみに　した　赤《あか》い　毛《け》も、ぴんと　はねて　よろこんで　いるようです。

生《う》まれて　すぐに　両親《りょうしん》を　なくした　アンは、*こじいんに　いました。それが　今度《こんど》、クスバートさんの　家《いえ》に、引《ひ》きとられる　ことに　なったのです。アンは、えきで　むかえに　くる

＊こじいん…親《おや》など、世話《せわ》を　する人《ひと》が　いない　子《こ》どもが　あつまって　生活《せいかつ》して　いる　しせつ。

人《ひと》を　まって　いました。
間《ま》もなく　やって　きた　マシュウおじさんは、
アンを　見《み》て　おどろきました。
男《おとこ》の子《こ》を　引《ひ》きとる　はずだったのに、女《おんな》の子《こ》が
いたからです。

「マシュウ・クスバートさん
ですね。うれしいわ！」
アンは、目《め》を　かがやかせて、
かけよりました。
マシュウおじさんは、
ほんとうの　ことが
いえない　まま、アンを　馬車《ばしゃ》に
のせました。
「ねえ、おじさま　見《み》て！　あの　白《しろ》い　えだ、まるで
花《はな》よめの　ベールみたいだわ。そう　思《おも》わない？」

「そうだなあ。そう、見《み》えるかも　しれんなあ。」
「この　白《しろ》い　道《みち》も、なんて　すてきなんでしょう！」
家《いえ》までの　道《みち》、アンの　おしゃべりは　止《と》まりません。
間《ま》もなく、緑色《みどりいろ》の　やねが
見《み》えると、アンは
さけびました。
「あそこで　くらすなんて、
ゆめみたいだわ！」
マシュウおじさんは、
こまりました。

妹《いもうと》の　マリラは、女《おんな》の子《こ》は　いらないと　いうに
きまって　います。アンが　どんなに　がっかりするか、
考《かんが》えるだけで　気《き》が　おもく　なりました。

アンの　なみだ

アンを　見《み》ると、マリラは　きっぱりと　いいました。
「男《おとこ》の子《こ》を　たのんだ　はずよ。この　子《こ》は
かえさなくては。」
それを　聞《き》いて　アンは、わあーっと
なきだしました。

「とにかく　今夜《こんや》は、
ここで　ねなさい。
どう　するかは、
あす　きめましょう。」
なきながら　ねむった
アンの　顔《かお》を　見《み》ると、
マリラの　心《こころ》は、　ちくりと
いたみました。
つぎの　朝《あさ》、　マリラは
いいました。

「マシュウと　そうだんして、うちに　いて　いい
ことに　しましたよ。」
アンは、うつむいて、ぽろぽろ　なみだを
ながしました。今度《こんど》は、うれしくて　ないて
いるのでした。

ダイアナと　ギルバート

アンは、間《ま》もなく、近《ちか》くに　すむ　ダイアナと
友《とも》だちに　なりました。
「これから　ずっと、一生《いっしょう》の　友《とも》だちよ。」

二人《ふたり》は、かたく
やくそくしました。
アンは、ダイアナと
いっしょに　学校《がっこう》へ
通《かよ》います。頭《あたま》が　よくて
がんばりやの　アンは、
すぐに　よい　せいせきを
とるように　なりました。
同《おな》じ　クラスに、
ギルバートと　いう　男《おとこ》の子《こ》が

来《き》ました。ギルバートは　いたずらが　大《だい》すきです。
その　日《ひ》、ギルバートは　アンの　かみの毛《け》を
つかんで　いいました。
「にんじん、にんじん！」
アンは　かみの毛《け》が　赤《あか》い　ことを　気《き》に
して　いました。それを　からかわれるなんて、
ゆるせない　ことです。
「よくも、よくも、そんな　こと　いったわね！」
アンは、もって　いた　石板《せきばん》*を、バシーンと
ギルバートの　頭《あたま》に　たたきつけました。石板《せきばん》は、

＊石板《せきばん》…ノートの　かわりに　つかった　石《いし》の　いた。

まっ二《ぷた》つに　われて
しまいました。
「ごめん。ぼくが　わるかったよ。」
ギルバートは
あやまりましたが、アンは
ゆるしませんでした。
それから　ずっと　あとまで、
アンと　ギルバートは、口《くち》を
きかない　ことに
なったのでした。

二人《ふたり》の　お茶会《ちゃかい》

それから　しばらく　たった
ある　日《ひ》、マリラが　出《で》かける
ときに　いいました。
「るすの　間《あいだ》、ダイアナを
お茶《ちゃ》に　よんでも　いいわ。」
アンは　すぐに　ダイアナを
よんで、二人《ふたり》の　お茶会《ちゃかい》が
はじまりました。

「キイチゴの　ジュースよ。どうぞ　めしあがれ。」

「あら、とっても　おいしいわ！」

アンが　すすめる　ままに、ダイアナは　何度《なんど》も　おかわりしました。そのうち、ダイアナは　顔《かお》が　赤《あか》く　なり、体《からだ》も　ふらふらして　きました。

「わたし、気分《きぶん》が　わるいから、家《いえ》に　帰《かえ》るわ。」

キイチゴの　ジュースだと　思《おも》ったのは、なんと、ブドウの　おさけだったのです。

ダイアナの　お母《かあ》さんは、かんかんに　おこりました。
「もう、アンと　あそんでは　いけません！」
ダイアナと　あそべなく　なり、アンは　さみしい
気《き》もちに　なりました。

アンの　かんびょう

そんな　ある　夜《よる》、ダイアナが　家《いえ》に　かけこんで
きました。
「たいへん！　妹《いもうと》が　病気《びょうき》なの。来《き》て！」
町《まち》の　あつまりが　あり、おとなたちは　みんな

出《で》かけて　います。アンは、すぐに　かけつけました。
妹《いもうと》は、高《たか》い　ねつと　せきで、くるしそうです。
「だいじょうぶ。まかせて！」
　アンは、前《まえ》にも
同《おな》じような　病《びょう》気《き》の
子《こ》どもの　世《せ》話《わ》を　した
ことが　あります。おゆを
わかしたり、くすりを
のませたりして、妹《いもうと》は
なんとか、たすかりました。

ダイアナの　お母《かあ》さんは、この
ことを　知《し》ると、すぐに　アンの
家《いえ》に　やって　きました。
「ありがとう。また　ダイアナと
なかよく　して　ちょうだい。」
アンと　ダイアナは、手《て》を
とりあって　よろこびました。

マシュウの　おくりもの

アンが　いる　くらしにも、すっかり　なれた　ある

日《ひ》、マシュウおじさんは、アンの
ようふくが　ほかの　子《こ》と
ちがう　ことに　気《き》が　つきました。
　みんな、はやりの、ふくらんだ
そでの　ふくを　きて　いるのに、
アンだけは、ぴっちりした、地味《じみ》な
ふくを　きて　います。
　はでな　ことが　きらいな
マリラは、いつも　そうした　ふくを、
アンに　きせて　いるのです。

「アンも、はやりの　ふくを　きたいだろうに。」
マシュウおじさんは、ふくを　クリスマスに
プレゼントしようと　思《おも》いました。けれども、これまで
女《おんな》の子《こ》の　ふくなど　買《か》った　ことも　ありません。
そこで、近所《きんじょ》に　すむ、世話《せわ》ずきの　リンド夫人《ふじん》に
そうだんしました。
「よろしい。わたしが　作《つく》って　あげましょう。」
クリスマスの　朝《あさ》、アンは　すてきな　プレゼントを
うけとりました。きれいな　ブラウンの、そでが
ふんわり　ふくらんだ　ふくです。

「まあ、ゆめみたい！　わたし、こんな　ふくがきたかったの！」

「しあわせすぎて、食事《しょくじ》が　のどを　通《とお》らないわ！」
なみだぐむほど　よろこぶ　アンを　見《み》て、
マシュウおじさんと　マリラも、まん足《ぞく》そうでした。
アンが　ベッドに　入《はい》った　あと、
マシュウおじさんと　マリラは、話《はなし》を　しました。
「あの　子《こ》も　いい　子《こ》に　そだちましたね、マシュウ。」
「そうだな。あの　子《こ》の　しょうらいを　考《かんが》えて
やらんとなあ。」
そう　話《はな》す　二人《ふたり》は、とても　しあわせそうでした。

あらそう　二人《ふたり》

それから　何年《なんねん》か　して、
アンは、町《まち》の　高校《こうこう》へ
行《い》きました。そこでも
アンは　せいせきが　よく、
いつも　ギルバートと
一番《ばん》を　あらそって　いました。
けれども、アンと
ギルバートは、まだ

なかなおりを　して　いませんでした。

マシュウおじさんとの　おわかれ

この　ころ、アンは　マシュウおじさんが、前《まえ》より　具合《ぐあい》が　わるそうだと　気《き》が　つきました。

「わたしが　男《おとこ》の子《こ》なら、おじさんの　はたけしごとを手《て》つだって　あげられるのに。」

アンが　そう　いうと、マシュウおじさんは、いいました。

「わしは、男《おとこ》の子《こ》が　十二人《にん》　いるより、おまえ

「一人《ひとり》の　ほうが　いいよ。」
そう　いって　わらって
いた　マシュウ
おじさんでしたが、
なんと、その　つぎの　日《ひ》、
とつぜん　たおれて
なくなって　しまったのです。
アンも　マリラも、
かなしみで　いっぱいでした。
アンは、そつぎょうしたら

遠《とお》くの　町《まち》に　ある　大学《だいがく》に　行《い》こうと　思《おも》って
いました。
けれども、マシュウおじさんが　なくなった　いま、
マリラを　一人《ひとり》に　することは　できません。
「大学《だいがく》に　行《い》くのを　やめて、マリラの　そばに
いるわ。」

ギルバートと　なかなおり

その　話《はなし》を　きいた　ギルバートは、自分《じぶん》が　する
ことに　なって　いた　近《ちか》くの　学校《がっこう》の　先生《せんせい》の

しごとを　ゆずって　くれました。
これで　アンは、先生《せんせい》を
しながら、マリラと　いっしょに
くらす　ことが　できます。
アンは、何年《なんねん》も　口《くち》を
きかなかった　ギルバートに、
思《おも》いきって　いいました。
「しごとを　ゆずって　くれて、
ありがとう。それから、ずっと
おこっていて　ごめんね。

ほんとうは、とっくに　ゆるしていたんだけど。」
「ぼくたち、これからは、いい　友《とも》だちに　なれるね。」
アンは、ようやく　ギルバートと　なかなおりが
できました。
二人《ふたり》の　上《うえ》には　きれいな
空《そら》が　広《ひろ》がって　いました。

イギリスの 物語《ものがたり》

なぞの 男《おとこ》が のこした 地図《ちず》を たよりに、
ジムは たからさがしに 出発《しゅっぱつ》します。

たから島《じま》

原作《げんさく》・ロバート・ルイス・スティーヴンソン
文・きたむらすみよ 絵・いとうみき

なぞの 地図《ちず》

ジムの 家《いえ》は、小《ちい》さな やどや*。
イギリスの みなと町《まち》で、
お母《かあ》さんと くらして います。
やどやには、何《なん》か月《げつ》も 前《まえ》から
ある 男《おとこ》が とまって いました。
毎日《まいにち》 さけばかり のみながら、
外《そと》を 見《み》はって いるのです。
ある 日《ひ》、男《おとこ》に 一通《つう》の

＊やどや…たびを する 人《ひと》などが とまる ところ。りょかん。

手紙《てがみ》が　どきました。
手紙《てがみ》を　読《よ》んだ　男《おとこ》は、　あわてはじめました。
「なんだって。今夜《こんや》、
あいつらが　来《く》るのか。」
男《おとこ》は、　そう　いって、
立《た》ちあがると、　とつぜん、
のどを　おさえました。
「く、　くるしい……。」
そして、　そのまま　たおれて
しんで　しまいました。

びっくりした　ジムは、いつも　そうだんに　のって
くれる、いしゃの　リブジー先生《せんせい》の　ところへ
走《はし》りました。先生《せんせい》は　男《おとこ》を　見《み》て　いいました。
「きょうふの　あまり　なくなったのでは……。」
夜《よる》に　なり、ジムが、男《おとこ》の　にもつを　かたづけて
いると、紙《かみ》の　つつが　出《で》て
きました。
「これは、なんだ？」
ジムが、つつを
ひらこうと　した　ときです。

「おい、地図《ちず》は　どこだ。地図《ちず》を　よこせ！」
聞《き》こえて　きたのは、おそろしい　どなり声《ごえ》です。
「母《かあ》さん、たいへんだよ。きっと
わるい　やつらが、あの
しんだ　男《おとこ》を　さがしに
きたんだ。にげなくちゃ。」
　ジムは、お母《かあ》さんの　手《て》を
引《ひ》くと、つつを　もって、
うら口《ぐち》から　にげました。

そして、リブジー先生《せんせい》の
ところへ　行《い》くと、つつを
広《ひろ》げて　見《み》せました。
「これは、たから島《じま》の
地図《ちず》じゃ　ないか！
有名《ゆうめい》な　海《かい》ぞくが
かいた　ものだよ。よし、
たからさがしへ
出《で》かけよう。」

シルバーの　ひみつ

いよいよ　たから島《じま》へ　行《い》く　日《ひ》、船《ふね》に　のりこんだ
ジムは、わくわくして　いました。
あたりを　見回《みまわ》すと、船長《せんちょう》の　顔《かお》を　じっと
にらみつけて　いる　一本足《いっぽんあし》の　男《おとこ》が　います。
こわがる　ジムに、
リブジー先生《せんせい》が　いいました。
「あの　男《おとこ》は、シルバーさ。
コックなんだ。」

何日《なんにち》か　たった　ある　夜《よる》、ジムは　リンゴを
食《た》べようと　大《おお》きな　リンゴだるに　もぐりこみました。
その　とき、話《はな》し声《ごえ》が　聞《き》こえました。

「いいか、たから島《じま》に　ついたら、たからを、ぜんぶ
よこどりするんだ。」
それは、なんと　シルバーの　声《こえ》。
ジムは、思《おも》わず　手《て》で　口《くち》を　おさえました。
（どうか、見《み》つかりませんように……。）
その　とき、島《しま》が　見《み》えたと　いう　合図《あいず》が　あり、
シルバーたちは、どこかへ　行《い》って　しまいました。
ジムは、たるから　あわてて　とびだし、船長《せんちょう》と
リブジー先生《せんせい》に　知《し》らせます。
「たいへんだよ。シルバーは、わるい　やつだったんだ。」

「そうだったのか……。よし、では　シルバーたちに　先《さき》に　島《しま》へ　行《い》かせて、どう　するのか、まず　ようすを　見《み》る　ことに　しよう。」

リブジー先生《せんせい》が　いい、ジムが　答《こた》えます。

「ぼくも　島《しま》に　行《い》って、やつらより　早《はや》く　たからを　見《み》つけます！」

島《しま》の　あやしい　男《おとこ》

さあ、島《しま》は、もう　目《め》の　前《まえ》です。

シルバーたちが、いくつかの　ボートへ　分《わ》かれて

のると、ジムも　さいごの
ボートに　こっそり
のりこみました。
島《しま》に　つくと、ジムは、
ボートから　ひょいと
とびおりて、森《もり》の　おくへ
走《はし》りだしました。
（シルバーに　つかまったら、
たいへんだ。たからを、先《さき》に　見《み》つけなくちゃ。）
それから　何日《なんにち》も、森《もり》を　さまよって　いると、

木《き》の　かげから　とつぜん　黒《くろ》い　ものが
とびだして　きました。
ぼさぼさの　長《なが》い　かみの毛《け》と　ひげ、ふくは
ぼろぼろに　すりきれて　います。

「おまえは、だれだ。森《もり》の　かいぶつか。」
ジムは、おそるおそる　近《ちか》よりました。
「おれは、ベンと　いう　ものだ。ああ、人間《にんげん》と
話《はな》すのは、ひさしぶりだよ。ずっと　前《まえ》に、ここに
たからを　さがしに　きたんだが、シルバーと　いう
男《おとこ》たちに、おいてきぼりに　されたんだ。」
それを　聞《き》いた　ジムは、おどろきました。
「シルバーだって？　ぼくは　いままで　シルバーと
いっしょに　いたんだよ。」
ジムは、ベンに　わけを　話《はな》しました。

「わかった。ジム、おれは　やくに　立《た》つぞ。すぐに
船長《せんちょう》や　リブジー先生《せんせい》たちの　ところに　行《い》って、
おれの　ことを　話《はな》すんだ。来《こ》い。」
ベンの　あとに　ついて　山《やま》を　のぼって　いくと、
森《もり》の　中《なか》に　丸太小屋《まるたごや》が　見《み》えて
きました。
「イギリスの　はたが　出《で》て
いるだろう。あそこに、島《しま》に
下《お》りた　船長《せんちょう》たちが　いる
はずだ。何《なに》か　あったら、おれの

ところに　来《く》るんだぞ。」
そう　いうと、ベンは　帰《かえ》って　いきました。
丸太小屋《まるたごや》に　つくと、ベンの　いった　とおり、
船長《せんちょう》と　先生《せんせい》が
いました。
「おお、ジム。
ぶじだったんだね。」
リブジー先生《せんせい》は、
ジムを
だきしめました。

シルバーとの　たたかい

その　とき　外《そと》から
シルバーたちの　大声《おおごえ》が
聞《き》こえて　きました。
「おい、たからの　地図《ちず》を、
こっちへ　よこせ。」
でも　船長《せんちょう》は、まけずに
いいかえします。
「おまえたちこそ

あきらめろ。帰《かえ》りの　船《ふね》を　イギリスまで
みちびけるのは、わたしだけだ。」
たちまち、外《そと》で　大《おお》きな　音《おと》が　ひびきました。
バン　バン　ズドーン。
シルバーが　おどかそうと、小屋《こや》に　むかって、
てっぽうを　うったのです。
やがて、しずかに　なると、船長《せんちょう》と　リブジー先生《せんせい》は
うなずきあい、どこかへ　出《で》かけて　いきました。
（ぼくたちの　船《ふね》は、どう　なったんだろう。）
心配《しんぱい》に　なった　ジムも、外《そと》に　出《で》ると　ボートに

のって、船《ふね》の　ようすを
見《み》に　いきました。
ジムが　船《ふね》に　のりこむと、
一人《ひとり》の　船《ふな》のりが　たおれて
いました。
シルバーの　なかまで
けがを　して　います。
そこで、ジムは　船《ふな》のりを
ささえると、いいました。
「手当《てあ》てを　して　やるから、

ぼくに　かじの　とり方《かた》を　教《おし》えろ。」
やがて、船《ふね》は　ゆっくりと　すすみはじめました。
「すごい。ぼくが　船《ふね》を　うごかして　いるんだ！」
ジムは、うれしくて　たまりません。
そして、シルバーに　見《み》つからないように、船《ふね》を
島《しま》の　うらの　きしに、とめる　ことに　しました。

たからを　さがせ

いそいで　小屋《こや》へ　もどると、小屋《こや》は
シルバーと　なかまに　のっとられて　いました。

ジムは、あっという間《ま》に　つかまって　しまいます。

「リブジー先生《せんせい》たちは、どこ？」

「おれたちの　なかまの　けがを、なおすと

やくそくしたから、いったん　にがして　やったのさ。」

つぎの　日《ひ》、シルバーが　いいました。

「ついに、船長《せんちょう》が、地図《ちず》を　よこしたぞ。

さあ！　たからさがしだ！」

（リブジー先生《せんせい》たちは、どうして　地図《ちず》を　わたして

しまったんだろう……。）

ジムは、ふしぎに　思《おも》いながら、なわで

つながれた　まま、つれて　いかれました。
どれだけ　歩《ある》いた　ことでしょう。
大《おお》きな　マツの　木《き》の　下《した》に、たどりつきました。
「地図《ちず》に　よれば、この　下《した》に　たからが　ある。
ほって　みろ。」

ところが、土《つち》を
ほって いくと、出《で》て
きたのは 金貨《きんか》が
たったの 一まい。
「やい、シルバー！
よくも だましたな！」
おこった なかまが、
シルバーと ジムを、
てっぽうで うとうと
した、その ときです。

パンパン　パーン。
リブジー先生《せんせい》と　森《もり》で　会《あ》った　ベンが、　シルバーの
なかまを、　てっぽうで
おいはらいました。
シルバーは　あっけに
とられています。
「こりゃあ　まいった。
いや、　たすけて　くれて、
ありがとう　ございます。
わしを　ゆるしてください。」

シルバーは、先生《せんせい》に　ぺこぺこと　頭《あたま》を　下《さ》げました。

どうくつの　たから

リブジー先生《せんせい》が　ジムに　いいました。
「きみから　ベンの　ことを　聞《き》いて、会《あ》いに
いったんだ。ベンは　もう　ずっと　前《まえ》に　たからを
見《み》つけて、どうくつに　はこんで　いたんだよ。
だから　地図《ちず》は　海《かい》ぞくに　くれて　やったんだ。
おびきよせる　ためにね。」
どうくつに　行《い》くと、船長《せんちょう》も　いて、目《め》の　前《まえ》には、

金貨《きんか》が　どっさり。
「うわあ、これが、たからの　山《やま》なんだね。」
ジムは、ゆめを　見《み》て　いる　気分《きぶん》でした。

さあ、たくさんの　たからを　つんだ　船《ふね》で、お母《かあ》さんが　まつ　町《まち》へ、出発《しゅっぱつ》です。

ジムは、船《ふね》の　上《うえ》で、だんだん　小《ちい》さく　なるたから島《じま》を、ずっと　見《み》つめて　いました。

イタリアの 物語《ものがたり》

遠《とお》く はなれた 国《くに》に いる お母《かあ》さんの もとへ
マルコは 一人《ひとり》で 旅立《たびだ》ちます。

母《はは》を たずねて

原作《げんさく》・エドモンド・デ・アミーチス『クオレ』
文・古藤ゆず 絵・一條めぐみ

遠《とお》い　国《くに》で　はたらく　お母《かあ》さん

＊イタリアに、マルコと　いう　男《おとこ》の子《こ》が　いました。マルコは、お父《とう》さんと　お兄《にい》さんと　三人《にん》で　くらして　いましたが、いつも　お母《かあ》さんの　ことを　思《おも》い、さみしくて　たまりませんでした。

マルコの　お母《かあ》さんは、家《いえ》が　まずしい　ため、遠《とお》く　はなれた　＊アルゼンチンに、一人《ひとり》で　はたらきに　いって　いました。

アルゼンチンの　ブエノスアイレスと　いう　町《まち》に

＊イタリア…イタリア共和国《きょうわこく》。ヨーロッパ大《たい》りくの　南《みなみ》がわに　ある　国《くに》。
＊アルゼンチン…アルゼンチン共和国《きょうわこく》。南《みなみ》アメリカ大《たい》りくの　南《みなみ》がわに　ある　国《くに》。

知《し》りあいが　いて、
いい　しごとが　あったのです。
しばらくは、お母《かあ》さんから
手紙《てがみ》が　とどきましたが
一年《ねん》が　すぎた　ころ、
「少《すこ》し、体《からだ》の　具合《ぐあい》が
よく　ない」と　いう
手紙《てがみ》が　来《き》た　きり、
なんの　知《し》らせも　とどかなく
なりました。

マルコは、大《だい》すきな　お母《かあ》さんの　ことが　心配《しんぱい》で
たまりません。
「どう　したんだろう……。ぼくは、お母《かあ》さんに
会《あ》いたい。」
お父《とう》さんや　お兄《にい》さんには、しごとが　あります。
マルコは、お母《かあ》さんに　会《あ》いに、アルゼンチンまで
行《い》こうと　きめました。
「子《こ》ども　マルコが、遠《とお》い　国《くに》へ　一人《ひとり》で
行《い》くなんて！　とんでも　ない。」
お父《とう》さんは、はんたい　しましたが、マルコは

あきらめません。
「お父《とう》さん、おねがい。お母《かあ》さんに　会《あ》いたいんだ。」
　何度《なんど》も　たのんで、
とうとう　お父《とう》さんも
ゆるして　くれました。

船《ふね》に　のって

　マルコは　たった
一人《ひとり》で、アルゼンチンへ
行《い》く　船《ふね》に　のりました。

アルゼンチンに　つくまでは、およそ　船《ふね》で　一か月《げつ》かかります。
毎日《まいにち》　一人《ひとり》で　海《うみ》を　見《み》つめて　いると、マルコは、
（お母《かあ》さんは、病気《びょうき》かも　しれない。
くるしんで　いたら、どう　しよう。）
と、ふあんで　たまらなく　なるのでした。
そんな　とき、親切《しんせつ》な　おじいさんと　知《し》りあいました。
おじいさんは　話《はなし》を　聞《き》くと、

「だいじょうぶじゃ。きみは、きっと　お母《かあ》さんに
会《あ》えるよ。」
と、はげまして　くれました。

お母《かあ》さんは　どこ？

船《ふね》が　ブエノスアイレスに　つくと、マルコは
もって　きた　お金《かね》が　ない　ことに　気《き》づきました。
どこかで、ぬすまれて　しまったようです。
しかし、もうすぐ　お母《かあ》さんに　会《あ》える　よろこびで
いっぱいの　マルコは、気《き》に　せずに　かけだしました。

お母《かあ》さんの　知《し》りあいの　メレリさんの　家《いえ》に
つくと、べつの　人《ひと》が　出《で》て　きて　いいました。
「メレリさんは、しんで
しまったのよ。」
マルコは　おどろきました。
「お母《かあ》さんは、
メキーネスさんと　いう　人《ひと》の
家《いえ》で　はたらいて　いると
聞《き》きました。メキーネスさんの
家《いえ》は　どこですか。」

場所《ばしょ》を　教《おし》えて　もらうと、マルコは
いそいで　メキーネスさんの
家《いえ》へ　行《い》きました。
やっと　お母《かあ》さんに
会《あ》える！
ところが、出《で》て　きた
女《おんな》の子《こ》は　いいました。
「メキーネスさんなら、
引《ひ》っこしたわ。コルドバ*と
いう　遠《とお》い　町《まち》よ。」

*コルドバ…アルゼンチンにある　大《おお》きな　都市《とし》の一つ。

マルコは、がっかり　しました。
お金《かね》も　ないのに、どう　したら　いいのでしょう。
コルドバは　ここから　ずっと　遠《とお》く、汽車《きしゃ》にも
のらなくては　いけないのです。

船《ふね》で　会《あ》った　おじいさん

道《みち》ばたに　しゃがみこんで　しまった　マルコ。
すると、「マルコじゃ　ないか！」と　声《こえ》を
かけられました。船《ふね》で　知《し》りあった　おじいさんでした。
おじいさんは、マルコの　話《はなし》を　聞《き》くと、ついて

くるように、と　いいました。
そこでは、大《おお》ぜいの
イタリア人《じん》が　おさけを
のんで　いました。
「みんな、聞《き》いて　おくれ。」
おじいさんは、マルコが
お母《かあ》さんに　会《あ》いに、
イタリアから　一人《ひとり》で　来《き》た
ことや、お金《かね》が　ない　ことを
話《はな》しました。

「どうだい？　この　子《こ》の　ために、
何《なに》か　して　やろうじゃ　ないか。」
みんなが　さんせいし、お金《かね》を
出《だ》しあって　くれました。これで、
コルドバに　行《い》く　汽車《きしゃ》の
きっぷが　買《か》えます。
「みなさん、ほんとうに　ありがとう　ございます！」

汽車《きしゃ》に　のって

マルコは、コルドバ行《い》きの　汽車《きしゃ》に　のりました。

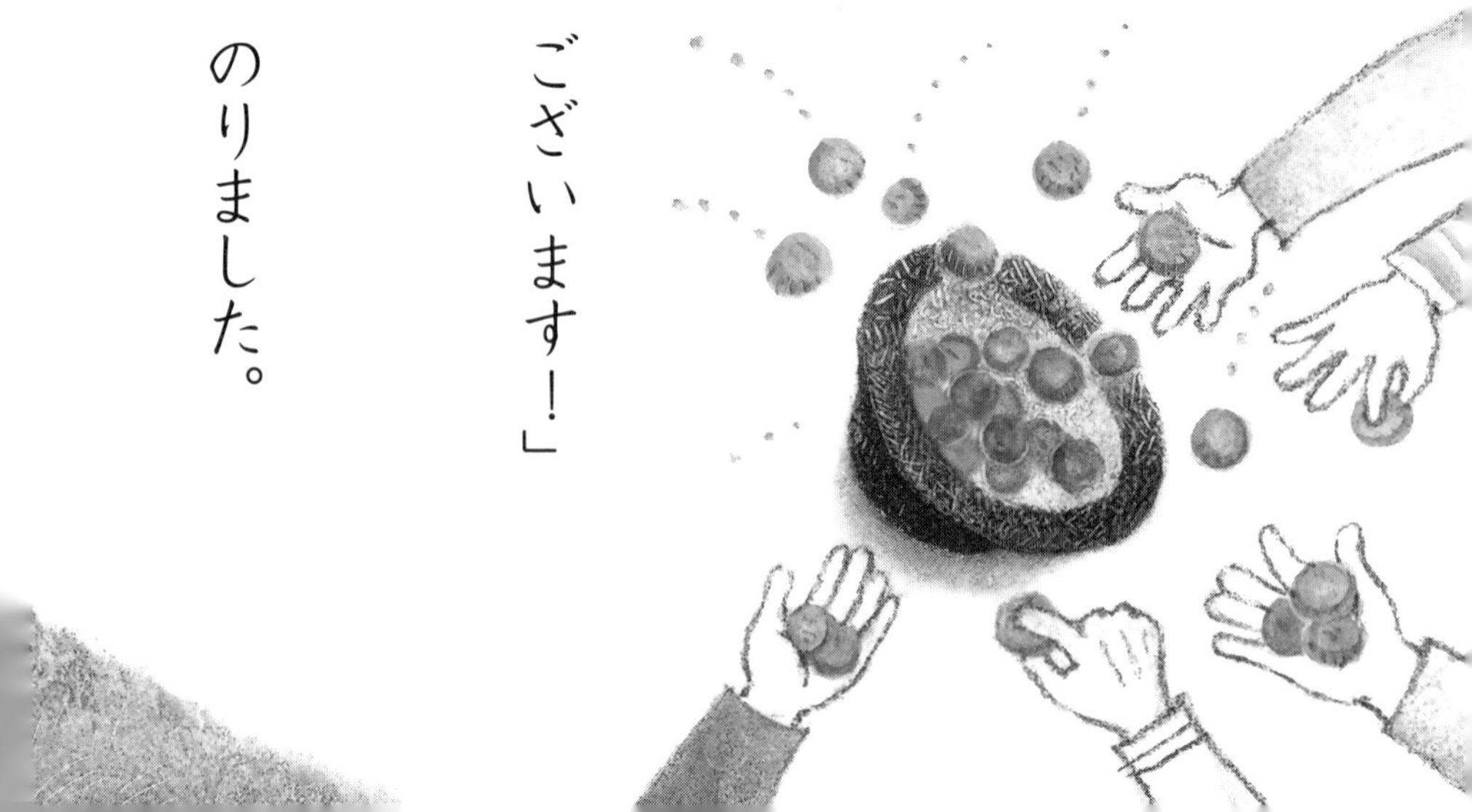

空《そら》は　どんよりと　くもり、どこまで　走《はし》っても
あれはてた　草原《そうげん》が　つづきます。
「今度《こんど》こそ、お母《かあ》さんに　会《あ》えるかな。また
会《あ》えなかったら、どうしよう……。」
マルコの　心《こころ》は、おもく　しずみました。

出発《しゅっぱつ》してから、どの　くらい　たったでしょうか。汽車《きしゃ》の　中《なか》に　風《かぜ》が　ふきこみ、だんだん　さむくなって　きました。上着《うわぎ》を　もって　きて　いないマルコは、ぶるぶる　ふるえました。すると、それを　見《み》た　男《おとこ》の人《ひと》が、マルコにポンチョを　まいて　くれました。その　ポンチョの　あたたかかった　こと。おかげで、マルコは　ぐっすり　ねむる　ことができました。

汽車《きしゃ》が　コルドバへ　つきました。
しかし、なんと　いう　ことでしょう。
メキーネスさんは、また
引《ひ》っこして　いたのです。
しかも　今度《こんど》は、もっと
遠《とお》い　ツクマン＊と　いう
町《まち》でした。
「ああ、ぼくは、もう
お母《かあ》さんに　会《あ》えないんだ。」
マルコは、なきじゃくりました。

＊ツクマン…アルゼンチンの　北《きた》がわに　ある　都市《とし》。

（ここまで　来《き》たのに、会《あ》えないなんて　いやだ。
どうしても　お母《かあ》さんに　会《あ》いたい！）
マルコは、なみだを　ふいて、ツクマンに　行《い》こうと
きめました。

親方《おやかた》との　たび

ツクマンへ　むかう　馬車《ばしゃ》が　あると　聞《き》き、
マルコは　馬車《ばしゃ》の　親方《おやかた》に　ひっしで　たのみました。
「ぼく、どんな　しごとでも　します。おねがいです。
のせて　ください！」

親方《おやかた》は　いいました。
「ツクマンまでは
行《い》かないが、
とちゅうまでなら、
のせて　やろう。」

こうして　マルコは
馬車《ばしゃ》に　のせて　もらい、
馬《うま》の　えさを　はこんだり、
水《みず》を　くんだり、けんめいに
はたらきました。

夜《よる》は　ずっと　馬車《ばしゃ》に　ゆられて　いるので、よく　ねむれません。
マルコは、へとへとです。体《からだ》が　弱《よわ》って、とうとう高《たか》い　ねつが　出《で》ました。
ねつに　うなされながら思《おも》うのは、お母《かあ》さんのこと。
（お母《かあ》さん、お母《かあ》さん、会《あ》いたいよ……。）

親方《おやかた》の　かんびょうの　おかげで、マルコの　ねつは
下《さ》がり、親方《おやかた》と　わかれる　日《ひ》が　やって　きました。
ここからは、一人《ひとり》で　歩《ある》いて　いかなければ
なりません。
「親方《おやかた》、ありがとう　ございました。」

山《やま》に　はげまされて

マルコは　親方《おやかた》に　おれいを
いい、ツクマンを　めざして
歩《ある》きだしました。

くつが　やぶれ、足《あし》が
ずきずき　いたみます。
マルコは、足《あし》を
引《ひ》きずりながら、まわりの
山《やま》を　ながめました。
「イタリアの　山《やま》と　そっくりだ。
よし、がんばるぞ。」
山《やま》の　けしきに　はげまされ、
マルコは　一生《いっしょう》けんめい
歩《ある》きつづけました。

お母《かあ》さん　会《あ》いに　きたよ

そのころ、メキーネスさんの　家《いえ》で、お母《かあ》さんは　おもい　病気《びょうき》にかかって　いました。手《しゅ》じゅつを　しなければなおらないのに、お母《かあ》さんは　手《しゅ》じゅつをうけないと　いっているのです。

「わたしは　もう　だめです。家族《かぞく》にも　会《あ》えません。
小《ちい》さい　マルコを　だきしめて　やりたかった……。」
お母《かあ》さんは、何年《なんねん》も　家族《かぞく》と
はなれ、すっかり　生《い》きる　力《ちから》を
なくして　いたのでした。
その　ときです。
マルコが　メキーネスさんの
家《いえ》に　ついたのです。
「お母《かあ》さん！　ぼくだよ、
会《あ》いに　きたよ！」

「マルコ？　ほんとうに
マルコなの？」
お母《かあ》さんと　マルコは、
しっかりと　だきあいました。
二人《ふたり》とも、なみだが
止《と》まりません。
「ああ、マルコ。
ゆめのようだわ。」
「ゆめじゃ　ないよ。お母《かあ》さん、
元気《げんき》に　なって。」

マルコの　ことばを　聞《き》き、お母《かあ》さんは、手《しゅ》じゅつを
うける　ことに　しました。
手じゅつが　ぶじに　おわると、おいしゃさんは
いいました。
「きみの　ゆう気《き》と、母《はは》を　思《おも》う　心《こころ》が、お母《かあ》さんの
いのちを　すくったんだよ。」
マルコと　お母《かあ》さんは、しっかりと　手《て》を　にぎり、
家族《かぞく》の　まつ、イタリアへと　帰《かえ》って　いきました。

物語《ものがたり》で体《たい》けんする　広《ひろ》いせかいへの大《だい》ぼうけん

千葉経済大学短期大学部こども学科教授　横山洋子

おかえりなさい。せかい旅行《りょこう》から帰《かえ》ってきた気分《きぶん》をあじわっていることでしょう。小人《こびと》の国《くに》、トランプの国《くに》、いのちのきけんもありましたね。見《み》たことも聞《き》いたこともなかったせかいにとびこみ「こんなくらしもあるのか」「こんな生《い》き方《かた》もできるのか」と世《よ》の中《なか》が広《ひろ》く見《み》えたにちがいありません。

元《もと》のお話《はなし》は、もっと長《なが》く、さまざまなエピソードがちりばめられています。この本《ほん》では読《よ》みやすいように近道《ちかみち》をしたので、もう少《すこ》し大《おお》きくなったら元《もと》もとの長《なが》い話《はなし》を読《よ》んでみてくださいね。

なみだが出《で》た話《はなし》はありますか？　はげまされたのはどの話《はなし》？　友《とも》だちやおうちの人《ひと》に話《はな》してみましょう。

さいしょのお話《はなし》は**「ガリバー旅行記《りょこうき》」**。イギリスで三百年《ねん》ほど前《まえ》に書《か》かれました。船《ふね》にのって旅行《りょこう》するなんてゆめの時代《じだい》ですから、とんでもない国《くに》があるかもときたいはふくらんだのでしょう。

おとなにとりかこまれるとまわりが見《み》えなくなる子《こ》どもも、小人《こびと》の国《くに》へ行けば巨人《きょじん》あつかいです。小《ちい》さいパンでおなかいっぱいになるかな、なんて考《かんが》えてみるのもおもしろいですね。

二つめは**「ふしぎの国《くに》のアリス」**。これもイギリスのお話《はなし》。まるでジェットコースターにのっているような目《め》まぐるしさですね。体《からだ》が大《おお》きくなったり小《ちい》さくなったりするくすり、あったらためしてみたいものです。

出会《であ》うのもふしぎなものばかり。ことばは通《つう》じているようですが、話《はなし》は通《つう》じません。とんちんかんなやりとりばかりです。こんなゆめを見《み》てみたいですね。

三つめは「**トム・ソーヤのぼうけん**」。アメリカのお話《はなし》です。いたずらずきでなんでもやってみたくなるトム。大《おお》どろぼうのたからをさがすなんて、はらはらしますね。とんでもないじけんがおきてどっきりしますが、こまった場面《ばめん》でもくじけず、前《まえ》へふみだそうとするすがたに、あなたもはげまされるでしょう。

友《とも》だちをさそって、ぼうけんしてみてはいかが？いつもとちがうけしきが見《み》えるかもしれませんよ。

四つめは「**赤毛《あかげ》のアン**」。カナダのお話《はなし》です。アンは楽《たの》しいおしゃべりで、まわりの人《ひと》を元気《げんき》にしてくれます。目《め》に入《はい》るものすべてにプラスのいみをみつけ、ことばにしてくれるからです。赤《あか》いかみの毛《け》はこせいの一つですが、アンはちがうかみの色《いろ》にあこがれていました。からかわれておこるアンの気《き》持《も》ち、よくわかりますね。なかなおりしたアンとギルバートは、のちにけっこんします。中学生《ちゅうがくせい》になったらぜひ読《よ》んでください。

五つめは「**たから島《じま》**」。イギリスのお話《はなし》です。地図《ちず》をかた手《て》にたからさがしなんて、かっこいいですね。でもいつもいのちがけ。どきどきはらはらしましたね。シルバーたちのボートにのりこんだジムは、どんな気持《きも》ちだったのでしょう。ベンに会《あ》ったときは、おどろいたでしょうね。さまざまなきけんをのりこえて、ジムたちはたからを手《て》にすることができました。おもちゃなどをたからにしてかくし、友《とも》だちとさがずあそびをしてみましょう。

六つめは「**母《はは》をたずねて**」。イタリアからアルゼンチンまで、船《ふね》で一か月《げつ》もかかる時代《じだい》。お母《かあ》さんに会《あ》いたいマルコの気持《きも》ちがいたいほどつたわります。ようやくついたと思《おも》っても、すでに引《ひ》っこして、いないと知《し》るたびにむねがつぶれる思《おも》いだったでしょう。それでもマルコはあきらめず、つぎをめざすのです。おもい病気《びょうき》のお母《かあ》さんはマルコに会《あ》えたおかげで生《い》きる力《ちから》がわきました。あいがいちばんのくすりだったのですね。

監修　横山洋子（千葉経済大学短期大学部こども学科教授）
表紙絵　いとうみき
装丁・本文デザイン　株式会社マーグラ（香山大）
編集協力　勝家順子　入澤宣幸（物語のとびら）　上埜真紀子
DTP　株式会社アド・クレール

よみとく10分
はじめて読む 外国の物語 2年生

2024年3月5日　第1刷発行

発行人　土屋 徹
編集人　芳賀靖彦
企画編集　柿島 霞　岡あずさ
発行所　株式会社Gakken
〒141-8416 東京都品川区西五反田 2-11-8
印刷所　TOPPAN株式会社

※本書は、『名作よんでよんで みんなの世界名作 15話』（2015年刊）の文章を、
読者学齢に応じて加筆修正し掲載しています。

この本に関する各種お問い合わせ先
- 本の内容については、下記サイトのお問い合わせフォームよりお願いします。
https://www.corp-gakken.co.jp/contact/
- 在庫については　Tel 03-6431-1197（販売部）
- 不良品（落丁・乱丁）については　Tel 0570-000577
学研業務センター　〒354-0045 埼玉県入間郡三芳町上富 279-1
- 上記以外のお問い合わせは　Tel 0570-056-710（学研グループ総合案内）

ここからは、本《ほん》の うしろから よんでね。

アリス キャラクタークイズ
〈物語のとびら ⑤〉の 答《こた》え

おひめ様《さま》　ヘビ　ヤギ　てんとう虫《むし》

トム・ソーヤの どうくつめいろ
〈物語のとびら ⑥〉の 答《こた》え

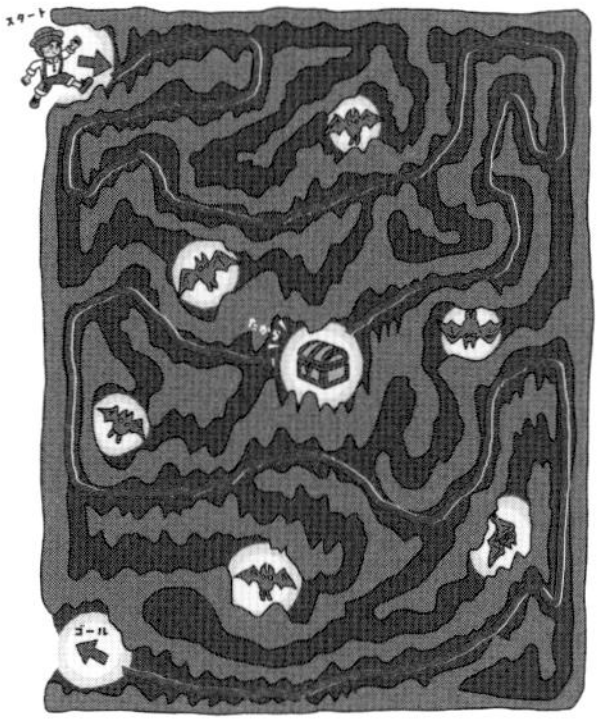

アンの すてきな ことばたちクイズ
〈物語のとびら ⑦〉の 答《こた》え

シルバーから ジムへの あんごう
〈物語のとびら ⑧〉の 答《こた》え

しまで　たすけてくれて　かんしゃして　います。
どこかで　あったら　てを　ふってください。

母《はは》を たずねて ならべかえクイズ
〈物語のとびら ⑨〉の 答《こた》え

イ → ウ → エ → ア

母《はは》を　たずねて　ならべかえクイズ

マルコは　長《なが》い　道《みち》のりを　たびしたね。ア〜エを、
お話《はなし》の　じゅんに　ならべかえよう。

ア

イタリアの　ふうけいを
思《おも》いだしながら
ぼろぼろの　くつで　歩《ある》く。

イ

船《ふね》で　イタリアから、
アルゼンチンの
ブエノスアイレスに　つく。

ウ

母《はは》が　はたらく
メキーネスさんの　家《いえ》が　ある
コルドバを　めざし、
汽車《きしゃ》に　のる。

エ

メキーネスさんが
引《ひ》っこしたと　いう　ツクマンを
めざし、馬車《ばしゃ》に
のる。

答《こた》えは　物語のとびら ⑩ へ

シルバーからジムへのあんごう

たからを　つんだ　船《ふね》で　帰《かえ》ると、シルバーは
いつの間《ま》にか　いなく　なって　いたんだって。
ひねくれものの　シルバーが　トムに　手紙《てがみ》を
出《だ》すと　したら、こんな
手紙《てがみ》かも　しれないね。

しまみたすけみくれみ
かんしゃしみぃます。
どこかみ゛あったら
みをふっみください。
シルバーより

ヒントは「てがみ」。
「て」が「み」に　なって　いるよ。

答《こた》えは 物語のとびら ⑩ へ

アンの すてきな ことばたちクイズ

おしゃべりずきの アンが だれに いった ことばか、
思《おも》いだして ・どうしを つないで みよう。

あの 白《しろ》い えだ、
まるで 花《はな》よめの
ベールみたいだわ。 ●

● 
ギルバート

一生《いっしょう》の 友《とも》だちよ。 ●

● 
マシュウ

大学《だいがく》に 行《い》くのを
やめて そばに
いるわ。 ●

● 
マリラ

ごめんね。ほんとうは
とっくに ゆるして
いたんだけど。 ●

● 
ダイアナ

答《こた》えは 物語のとびら ⑩ へ

トム・ソーヤの どうくつめいろ

トムは、どうくつで　たからを　見《み》つけたね。めいろの
スタートから　たからを　通《とお》って、ゴールまで　出《で》よう。

一度《いちど》　通《とお》った　道《みち》や　コウモリの　いる　ところは、通《とお》れないよ。

答《こた》えは 物語のとびら ⑩ へ

アリス　キャラクタークイズ

下《した》の　絵《え》には、アリスが　お話《はなし》の　中《なか》で　出会《であ》って　いない
キャラクターが　4人《にん》　まじって　いるよ。だれかな？

答《こた》えは　物語のとびら⑩へ

この あとも つづく ガリバー の ぼうけん

小人《こびと》の　国《くに》を　たびした　ガリバー。お話《はなし》には　つづきが　あるんだ。くわしい　本《ほん》で　読《よ》んで　みても　いいね！

きょ人《じん》の国《くに》

きょ人《じん》の　国《くに》では　かわいがられ、
王宮《おうきゅう》で　くらしたよ。
平和《へいわ》な　国《くに》で、
王様《おうさま》は、せんそうが
きらい　みたい　だったな。

空《そら》とぶ島《しま》

じしゃくの　力《ちから》で　空《そら》を　とぶ
島《しま》なんだ。科学者《かがくしゃ》ばかりが
すんでいて、考《かんが》える　ことに
むちゅうに　なると、ほかが
おろそかに　なる　人《ひと》たちだった。

馬《うま》の国《くに》

上品《じょうひん》で　頭《あたま》の　いい
馬《うま》たちの　国《くに》だったよ。
人間《にんげん》も　もっと　いい　国《くに》を
つくらなくちゃ、と
思《おも》ったよ。

【書《か》き方《かた》の　れい】

題名《だいめい》　母《はは》をたずねて

作者《さくしゃ》　エドモンド・デ・アミーチス

読《よ》んだ　日《ひ》　20XX 年《ねん》●月《がつ》▲日《にち》

かんそう

マルコが アルゼンチンへ　行《い》っても

なかなか　お母《かあ》さんに　会《あ》えないので

ふあんに　なった。でも　さいごには

やっと　会《あ》えて、お母《かあ》さんも マルコに

会《あ》いたかったことが　わかり、ほんとうに よかった。

わたしは　家族《かぞく》が　大《だい》すきだけど

マルコのように、一人《ひとり》で

たびをする　ゆう気《き》は

ないかも　しれない。

マルコって　すごいな。

おすすめ度《ど》★★★★★

読《どく》書《しょ》ノートを 書《か》いてみよう！

お話《はなし》を 読《よ》んだら、わすれない うちに、
読書《どくしょ》ノートを 書《か》いて みよう。

本《ほん》の ことに ついて まとめよう！

題名《だいめい》と 作者《さくしゃ》、読《よ》んだ 日《ひ》を 記《き》ろくしましょう。
あとで 見《み》た ときに わかるように
お話《はなし》の 題名《だいめい》は 正《せい》かくに 書《か》きましょう。

つかう ノートは、
どんな ものでも いいよ。
すきな ノートを
つかおう。
NOTE
BOOK

かんそうを 書《か》こう！

思《おも》った ことを 自由《じゆう》に
書《か》きましょう。どこが
おもしろかった？ 自分《じぶん》なら
どうした？ 心《こころ》に のこった
場面《ばめん》を、絵《え》に かいても いいですね。

どのくらい おすすめ？

おもしろかった お話《はなし》は、ほかの
人《ひと》にも しょうかいして みましょう。
すごく おすすめなら、★5つ。
少《すこ》しだけ おすすめなら、★1つ。
星《ほし》を かいて、あらわしましょう。

絵・ヤブイヌ製作所